I musicanti di Brema

3 edizione 2020
Traduzione: Sandra Battigaglia

Dalla fiaba dei fratelli Grimm

Hohenlohestraße 21 – 28209 Bremen
Tel. +49-421-34843-0 – Fax +49-421-348094
info@edition-temmen.de – www.edition-temmen.de

ISBN 978-3-8378-7023-7

Printed in Hong Kong

I musicanti di Brema

disegnata e vivacemente raccontata

da

JANOSCH

Edition Temmen

JANUAR

C’erano una volta un mugnaio
e un asino che vivevano insieme
in un mulino.

L’asino portava i sacchi con il grano dalla stazione al mulino. Il mugnaio macinava il grano e l’asino riportava i sacchi con la farina dal mulino alla stazione.

Così, giorno dopo giorno, l'asino
lavorava senza lamentarsi.

Quando l’asino fu ormai vecchio e solo con fatica
riusciva ancora a portare i pesi, il mugnaio disse:
»Cercati un altro posto, vecchio facchino,
non so più che farmene di te!« e lo scacciò.

All'asino andava bene e partì per Brema, poiché a Brema aveva già da sempre voluto andare, per diventare là musicante.
Così l'asino si mise in cammino, ballando contento in direzione di Brema.

BREMEN
92

La strada per Brema non era lunga e l'asino passò accanto a tutto ciò che si trovava sul cammino.

Non molto distante da un fiume sedeva un cane, che tutto triste guaiva piano.
»Cosa piangi, povero diavolo, la vita forse non ti diverte abbastanza?«
»Ah!«, piagnucolò il cane, »cosa c'è di divertente? Sono vecchio, non riesco più ad acchiappare i conigli e il mio padrone mi ha scacciato.«
»Ehi!«, urlò l'asino, »come sento dalla tua cantilena, tu sei molto melodioso. Vieni con me a Brema, laggiù faremo musica insieme.

Al vecchio cane stava bene, poiché infatti amava la musica più di ogni altra cosa, soprattutto il sassofono. Quante volte, nelle solitarie notti di luna piena, aveva suonato il suo sassofono ...

E così partì con l'asino per Brema.
Sotto stava l'asino e sopra il cane.
Di lì a poco, una gatta si trovava
in mezzo alla strada e non aveva
un bell'aspetto.

»O vecchia acchiappatopi, ma come ti sei ridotta? Come dopo cento giorni di pioggia. Cosa ti è successo, povera sciagurata?«

»Non catturo più nessun topo«, piagnucolò la gatta, »allora la nostra signora mi ha scacciata.«

»Ah, sciochezze«, urlò l'asino, »infischiatene della signora, vieni anche tu a Brema. Laggiù faremo musica, tu sai certamente cantare, non è vero?«

»Oh sì, come un canarino, tutte le volte che la luna è nel cielo«, rispose la gatta e iniziò a miagolare.

»Hai visto«, annuì l'asino, »sembra Brahms al violino. I bremesi sono uomini di buon cuore, ci ricompenseranno riccamente.«

Così anche la gatta partì per Brema.

Ma poi anche il vecchio gallo Gustavo Hannemann era lì sulla colonna accanto alla porta e cantava tutto lamentoso.

»Ah«, urlò l'asino, »se stai male, allora vieni anche tu con noi a Brema.

Noi siamo musicanti. Tu devi solamente stridere
come una sega, i giovani lo amano.«
Allora anche il gallo partì per Brema e così in
tutto erano in quattro. L'asino, il cane,
la gatta e in alto volò il gallo.

Noch 9

Lentamente però scese la notte e dovettero cercarsi un posto per dormire. L'asino e il cane rimasero sotto un albero, la gatta si arrampicò sui rami e il gallo Hannemann volò in alto sulla cima e cantò: »Ragazzi, venite un po' quassù, vedo in lontananza una luce. Potrebbe essere una locanda.«

Allora l'asino si arrampicò su fino in cima, il gallo invece si appollaiò sulla morbida gatta perché era stanco e il cane abbaiò verso l'alto:
»Cosa vedi da lì, asino?«

»Una casa«, urlò l'asino, »probabilmente una locanda, dove forse c'è un letto caldo per ciascuno di noi ...«

»Ma allora andiamoci«, abbaiò il cane e nella stessa notte si rimisero in cammino.
Poco dopo arrivarono alla casa, che però non era una locanda, ma era una casa di ladri.
Le finestre erano illuminate come a Natale e all'interno i ladri facevano rumore.

L’asino guardò attraverso la finestra
e la gatta domandò:
»Cosa vedi, vecchia pelliccia grigia, parla!«

nudeln
Gold
Silber
WO
Eule
1€
2
1€
50

»Una tavola riccamente imbandita con le migliori pietanze del mondo«, gridò l’asino, »e un paio di ladri«,

... e scese giù dalla piccola scala.
»È proprio quello che fa per noi,« disse il cane.
»C'è anche un pezzo di salsiccia?«

E così meditarono su come si sarebbe potuto scacciare i ladri dalla casa. L'astuto gallo disse: »Andiamo all'assalto come gli Ussari e ci impossessiamo della casa.«

Così si arrampicarono
sulla finestra e si
lanciarono attraverso
la finestra nel soggiorno
gridando a squarcia gola.

E i ladri corsero fuori
dalla casa come inseguiti
da galli infuriati.

KÜMME
KORN

NUDELN
GOLD
SILBER

Quando i ladri furono fuori dalla casa, i quattro amici si rifocillarono con le pietanze e si riempirono la pancia.

Dopo il banchetto, ognuno
si cercò un buon posto e poi
spensero la luce.

3xmeh
als wie
Tausen
JA FRIDA
GUTEN MORGEN
LIEBER TAG.

Quando da lontano i ladri videro che in casa era tutto buio, il capo della banda disse: »Non avremmo dovuto lasciarci impaurire. Ladro Gregorio, torna indietro e controlla com'è la situazione!«
Così il ladro Gregorio tornò di soppiatto alla casa.

WERNER
BREMEN

Il ladro trovò tutto silenzioso, solo due scintille incandescenti brillavano nel focolare. E quando egli provò ad accendervi un tronchetto di zolfo, erano gli occhi luccicanti della gatta e lei gli balzò sulla faccia come fosse il diavolo Lucifero.

Egli voleva correre fuori dalla casa, ma quando passò vicino al divano, lì si trovava il cane. Lo morse ai polpacci come se fossero una salsiccia e il ladro corse fuori dalla porta …

Prima inciampò nel forcone, poi l'asino gli diede un calcio al didietro con lo zoccolo posteriore, il gallo gridò dal tetto: »Chicchirichiiiiiii«.

E il ladro Gregorio, come una lepre, corse indietro dai suoi compagni. Lì raccontò al suo capo:

»Nella cucina c'era un mostro infuocato e mi ha colpito in faccia con le sue zampe così che volarono scintille.

Sul divano dormiva un gigantesco zampognaro,
che mi ha urlato adosso e mi ha afferrato i
polpacci con la sua tenaglia.

Quello che è successo dopo, non lo posso proprio descrivere, talmente è stato terribile.«

Allora i ladri abbandonarono la zona.

Ai musicanti stare in quella casa piaceva così tanto, che ne fecero la loro abitazione fissa. Solamente quando avevano bisogno di un po' di soldi, allora andavano a Brema e suonavano musica nella piazza del mercato.
All'incirca sette chilometri – in linea d'aria!
Si può fare!
Lo si può sopportare, non è vero?